LE DEVENIR

OU

LE DIEU DU POSITIVISME

DIALOGUE EN VERS

ENTRE

UN CONSERVATEUR CHRÉTIEN ET UN DOCTEUR POSITIVISTE

PAR

MARIE-GUSTAVE LARNAC

ANCIEN DÉPUTÉ

> Un peu de science éloigne de la religion
> et beaucoup de science y ramène.
> BACON

PARIS

JACQUES LECOFFRE, LIBRAIRE-ÉDITEUR

90, RUE BONAPARTE, 90

1864

LE DEVENIR

ou

LE DIEU DU POSITIVISME

PARIS. — IMP. SIMON RAÇON ET COMP.. RUE D'ERFURTH, 1

LE
DEVENIR

ou

LE DIEU DU POSITIVISME

DIALOGUE EN VERS

ENTRE

UN CONSERVATEUR CHRÉTIEN ET UN DOCTEUR POSITIVISTE

PAR

MARIE-GUSTAVE LARNAC

ANCIEN DÉPUTÉ

> Un peu de science éloigne de la religion
> et beaucoup de science y ramène.
> BACON

PARIS

JACQUES LECOFFRE, LIBRAIRE-ÉDITEUR

90, RUE BONAPARTE, 90

1864

AVERTISSEMENT DE L'AUTEUR

« Un peu de science éloigne de la religion, beaucoup
de science y ramène. » Cet aphorisme de Bacon que
j'ai pris pour épigraphe a pu, jusqu'à présent, servir
à mesurer la science de ceux qui attaquent le christianisme, base de la société et de la civilisation.

Aujourd'hui, cependant, les matérialistes modernes
paraissent, au contraire, compter sur les progrès de
la science pour anéantir la religion qui leur fait

obstacle, et il ne serait pas exact de conclure qu'ils sont gens de peu de science, parce qu'ils s'éloignent de la religion. Ce serait une condamnation, dont ils auraient droit de se plaindre, car ils sont savants et même très-savants, je l'accorde.

Il faut donc, pour la défense de l'aphorisme baconien, prouver que la grande science tend à ramener les savants, peut-être à leur insu et certainement malgré eux, à la religion qu'ils attaquent, et c'est ce que j'ai tenté de faire dans le dialogue suivant destiné au second volume de mon *Cosmos moral*.

Deux traités sur le *Positivisme* ou le *Matérialisme moderne* ont paru, depuis peu et successivement, dans la *Revue des Deux-Mondes*, livraisons du 15 octobre et du 15 novembre 1863. Le premier de M. Renan, le second de M. le professeur Berthelot. Le sénat s'est ému de ces œuvres dangereuses au point de vue social, et il est venu en aide à l'opinion publique qui s'en est affligée et scandalisée *.

Ce sont ces deux traités que j'ai entrepris d'analyser exactement, mais au point de vue qu'Horace indique

---

* Voyez le *Moniteur*, séances du Sénat, 1863.

comme le plus propre à faire justice des doctrines
erronées, lorsqu'il dit :

Ridiculum acri
Planius ac melius magnas plerumque secat res.

Des notes textuelles accompagnent cette analyse, et
le lecteur pourra juger si je cite fidèlement. Comment
la vérité de l'axiome de Bacon sortira-t-elle de ces
citations? Quelques mots suffiront pour le mettre en
lumière.

Nos deux adversaires divisent leurs traités à peu
près de la même manière, en deux parties :

1° La science positive;

2° La science idéale.

La première partie est traitée avec méthode par
M. Berthelot, avec imagination par M. Renan; mais
elle n'a point trait à notre axiome qui se tire, comme
la religion, de la science idéale.

Dans cette seconde partie, M. Berthelot, après
quelques incertitudes, garde la méthode d'expérience
et d'observation qu'il a exposée dans la science positive, et, pour l'appliquer, il appelle toutes les sciences
à son secours, il cherche à construire avec elles *son*

idéal, mais il est bientôt à bout de voie, et il avoue que les notions générales auxquelles arrive chaque science particulière sont *disjointes* et *séparées,* dans une même science et surtout d'une science à l'autre. Il s'en prend à l'imperfection de la nature humaine, obstacle que je suis loin de nier, mais il ajoute que, pour remédier à cette imperfection et pour *faire de ces résultats un tissu continu,* il faut recourir au *tâtonnement* et à *l'imagination.* Ici, M. Berthelot, contre son usage, tâtonne lui-même. Il manque à l'enchaînement des idées et à la propriété de l'expression. Pour faire *un tissu continu* de ces résultats généraux et scientifiques, *disjoints* et *séparés,* il faut les *relier entre eux.* Les tâtonnements et l'imagination n'y ont rien à faire, c'est la *religion* qu'il faut invoquer, la *religion* qui a pour mission, comme l'indique l'*étymologie* (sens véritable), de *relier l'homme à Dieu.* Donc l'auteur a beau se perdre dans ses métaphores, ses prolongements de lignes, etc., il est forcé de revenir à *la religion,* et c'est sa propre science qui l'y contraint. Je ne dis pas qu'il soit *chrétien,* mais il nous promet de faire bientôt son *de naturâ rerum* d'une manière plus complète, et je ne désespère pas de le voir arriver au Christianisme toujours par la nécessité de *bien relier*.

Quant à M. Renan, il commence, il faut l'avouer, par les plus étranges visions, il donne une telle carrière à son imagination, qu'il semble s'être chargé de la partie excentrique de la thèse. Son style est beau, mais il a des voltes si subites, qu'il devient impossible d'expliquer, comment de la négation presque absolue *d'un Dieu qui n'est pas fait*, qui *est à faire, in fieri*, d'un Dieu qui se confond *avec la totale existence*, etc..., il passe tout à coup à un *Credo* à peu près complet. Il croit en *Dieu le Père, en Jésus-Christ, à la résurrection !* *La foi*, dit-il, *contre l'apparence sera justifiée ! C'est elle qui aura bien deviné ! La religion sera vraie !!!...* Ce *Magnificat* est-il une réminiscence de ses études théologiques? On peut le croire.

Voilà cependant où la science conduit M. Renan. C'est son dernier mot, et, comme dirait madame Dacier, la savante remarque de Bacon *subsiste*.

Menton, le 20 décembre 1863.

LE DEVENIR

ou

LE DIEU DU POSITIVISME

PROLOGUE

LE CONSERVATEUR.

Messieurs de la science, il faut que je confesse,
Après vous avoir lus, un désir qui me presse.
Je voudrais, s'il se peut, relever dans mes vers,
De son abaissement, le Dieu de l'univers ;
Car, non sans m'indigner, répétant vos blasphèmes,
Voici ce que je trouve au fond de vos systèmes :

Un être imaginaire, avec nous sans rapport
Que l'on puisse assigner, dans la vie ou la mort ;
Variable, confus, sans nulle perspective,
Formé d'une raison complexe et collective (1),
Espèce de *fatum*, vieux mannequin païen
Qui représente tout, sans manifester rien ;
Ou bien, si l'on admet qu'on aperçoive une ombre
De personnalité dans une nuit si sombre,
C'est un acteur oiseux dont le rôle banal
Consiste dans la pièce à paraître au final (2) !
Il dit : applaudissez ; et saluant la foule,
Tandis qu'entre elle et lui le rideau se déroule,
Il conjure humblement l'indulgent spectateur
De daigner pardonner les fautes de l'auteur.

Est-ce assez de mépris ! quand je le considère,
Je suis blessé de voir traiter ainsi mon père.
Car mon père, c'est Dieu ! Vos goûts sont dépravés,
Messieurs, de préférer le nom d'enfants trouvés !
Donc, tel est mon dessein. Je brûle de combattre
Pour replacer mon Dieu sur son noble théâtre,
D'un signe de son front faisant trembler les airs
Ou d'aise tressaillir le vaste sein des mers !

Tel est son digne emploi ; mais voyez la malice !
Je me sens désarmer, avant d'entrer en lice,
Et je suis dépouillé par vous des arguments
Qu'Aristote m'avait donnés pour truchements.

Le *pourquoi* (3) règne seul. La magique parole
Devient la clef du monde et l'ouvre à votre école.
Universel outil, moteur industriel,
Il fabrique avec vous et la terre et le ciel.
Il est à votre gré, marteau, tenaille, enclume,
La chaudière qui bout, la forge qui s'allume ;
Fort bien. Mais, impuissant dans l'amour et la foi,
Il est fécond pour vous et stérile pour moi :
D'abord il m'interdit d'employer la logique (4),
Puis le surnaturel et la métaphysique (5)
Et ne veut composer l'argumentation
Qu'avec l'expérience et l'observation.
Certes j'estime fort ces deux excellents guides,
Et, si leurs noms sont durs, leurs moyens sont lucides.
Je ne veux point médire ici de leur secours,
Des prodiges nouveaux l'attestent tous les jours.
Suivons-les. De deux gaz, unis par aventure,
Lavoisier obtint l'eau, trésor de la nature !
Berthelot vous dira pourquoi. Je suis ravi
Que l'électricité, dans ce but, l'ait servi.
Arrive la vapeur, qui parcourant la terre
A surpassé les vents et vaincu le tonnerre.
Enfin, cette merveille a dû céder le pas,
Lorsque le Télégraphe, abdiquant ses longs bras,
Est devenu le fil, où, quand elle est pressée,
Sur son coursier d'aimant chevauche la pensée !
Aussi prompt que l'éclair, bien que moins radieux,
Que ne peut ce coursier la porter jusqu'aux cieux !

Mais pour y pénétrer il faut une autre trame.
La prière est le fil qui seul y mène l'âme !

Donc, gardons le pourquoi. Dans les réalités,
Il constate la forme et les identités.
C'est un bon ouvrier. Il sert à reconnaître
Que tout ce qui subsiste a quelque raison d'être (6) ;
Mais il faut avouer qu'à chercher l'idéal
Souvent il perd la piste et se dirige mal (7).

A l'expérimenter le réel se dénoue,
Mais dans les faits moraux un tel système échoue.
Que faire ? persister ? la raison le défend
Et l'esprit fatigué malgré lui se détend.

Donc nous sommes conduits, en fait de certitude,
A ne point mépriser une sublime étude
Qui, sortant du réel, nous permet d'y rentrer
Avec la vérité qu'on n'y peut rencontrer !
Ainsi quand mon esprit, dans une ombre profonde,
Exige un Créateur pour comprendre le monde,
Le pouvoir de créer, *nécessaire* trouvé,
Dans mon entendement est aussitôt prouvé !
Et j'en suis *sûr*, malgré l'école qui s'oppose
A ce que du néant il sorte quelque chose * ;
Car l'on serait absurde à vouloir me priver,
Quand la raison péril, du droit de la sauver !

* Ex nihilo nihil.

Donc la *métaphysique* est apte reconnue
A faire souhaiter par nous sa bienvenue ;
Et cet auxiliaire, à propos employé,
Mène au jour l'inconnu dans la nuit fourvoyé.

Vous l'avez bien senti ; de là ces deux manières
Qu'on vous voit employer à traiter ces matières.
D'abord, vous procédez, ainsi que je l'ai dit,
Pas à pas, colligeant, un savoir d'érudit ;
Mais bientôt vous montez, dans vos apocalypses,
Au zénith des esprits, au séjour des éclipses,
Enfin vous abordez des points vertigineux,
Par delà les sommets des *Sinas* ravineux ;
Mais, n'ayant pas la foi, vous manquez de ces ailes
Qui peuvent soutenir dans ces routes nouvelles.

Donc, laissons la dispute, et voici le moyen
Qui pourrait, selon moi, prolonger l'entretien :
De vos doctes leçons interprète fidèle,
Si vous le permettez, je mettrai tout mon zèle
A me bien pénétrer du sens de vos discours,
Et, si je ne le puis, à vous j'aurai recours.
Peut-être un dialogue entre nous fera naître
Des raisons de s'entendre et de se mieux connaître,
Éveillant les esprits, égayant le sujet,
Et c'est beaucoup, n'eût-il que ce dernier objet.
Le dialogue est vif. Si la thèse est maussade,
Il lui prête l'entrain, il coupe la tirade,

12   LE DEVENIR.

Il donne la réplique et sait vaincre l'ennui.
De là vient que les Grecs faisaient grand cas de lui.

LE POSITIVISTE.

Les Grecs de la dispute aimaient les jeux frivoles.
Nous sommes plus à court de temps et de paroles.
Nous ne dialoguons qu'avec le seul *pourquoi*.
Cependant je suis prêt et disposez de moi.

LE CONSERVATEUR.

Dans cette controverse, en m'engageant, je n'ose,
Mais par humilité, me servir de la prose.
Je sais qu'elle cumule aujourd'hui les honneurs
Qui composaient jadis le blason des neuf sœurs,
Mais, si vous me laissez rimer, par courtoisie,
A moi seront les vers, à vous la poésie,
Et nous réunirons ce qu'on a séparé,
Assez mal à propos, dans le vallon sacré.

LE POSITIVISTE.

Un peu légèrement vous nous nommez poëtes.

LE CONSERVATEUR.

Vous êtes des *faiseurs*. Donc *poëtes* vous êtes.
Car le nom de poëte, à nous du grec conduit,
Par le nom de faiseur justement se traduit.
D'ailleurs vous confessez, dévoués à l'étude
D'un monde qui vous doit toute sa certitude,
Que, sans la poésie, on ne peut achever
L'idéal qu'il vous plaît cependant de rêver (8.

Vous le construisez bien, mais votre modestie
Écrit ces mots au bas : *trouvé sans garantie.*
Je ne partage pas ce doute irrévérent,
Mais mon point de départ du vôtre est différent.

LE POSITIVISTE.

La raison nous conduit. Pour vous, c'est le délire.

LE CONSERVATEUR.

Dites plutôt la foi que mon Dieu seul inspire !
C'est un ébranlement produit dans le cerveau
Par l'apparition d'un monde tout nouveau.
C'est l'émoi d'un esprit qui, sommé de se rendre,
Lutte avec l'idéal, mais pour mieux le comprendre ;
Qui pour bien l'embrasser se mesure avec lui,
Et combat l'Ange afin d'en faire son appui !
Mais, aussitôt qu'entre eux la bataille est finie,
Le délire reprend le beau nom d'harmonie,
Alors tout s'aplanit devant l'esprit vainqueur.
D'abord la douce paix reprend sa place au cœur,
Où d'une joie intime elle est accompagnée.
La nature vaincue est bientôt résignée.
Le calme y reparaît, tout prend un heureux cours,
Le verbe se répand en faciles discours,
Comme un fleuve qui cède aux pentes naturelles
Coule majestueux, sans s'indigner contre elles.

LE POSITIVISTE.

C'est une lutte ardue à trébucher souvent.

LE CONSERVATEUR.

Qu'importe la manière à devenir savant?
La terre aussi trébuche, et, sur son axe oblique,
De ses nutations étonne l'écliptique,
Fidèle cependant, au gré des horizons,
A ramener les jours, les nuits et les saisons.

LE POSITIVISTE.

Dans tous ces errements le calcul vérifie,
D'où vient que le savant avec raison s'y fie.

LE CONSERVATEUR.

Le sentiment n'est pas un guide moins certain
Ni moins accrédité près de l'esprit humain.

LE POSITIVISTE.

En fait de vérités, nous aimons mieux nous taire
Que de nous prononcer avant un inventaire.

LE CONSERVATEUR.

Mais si le vrai se prouve avec le sentiment,
L'inventaire l'affirme ou l'inventaire ment.
Donc, il ne sert à rien; mais cette théorie
Doit revenir au fond de notre plaidoirie.
A soutenir la thèse il nous faut commencer.
Mon Horace à la main, je vais vous annoncer.
Philosophe et poëte, il a de l'importance.
Voici des vers de lui faits pour la circonstance :
« Jeunes vierges, dit-il, et vous, jeunes garçons,

Je vais chanter pour vous, écoutez mes leçons.
Je repousse et je hais le profane vulgaire *.
Le prêtre de la Muse a besoin du mystère :
Silence, jeunes cœurs, je vais vous faire ouïr
Des chants dont nulle oreille encor n'a pu jouir. »

Voilà, précisément, docteur, votre promesse.
Vous rencontrez Horace, aux rives du Permesse.
Comme lui, vous avez un monde à révéler.
Bonne chance, docteur, c'est à vous de parler.

----

 *   Odi profanum vulgus et arceo.
Favete linguis, carmina non prius
Audita, musarum sacerdos,
Virginibus puerisque canto.

HORACE.

FIN DU PROLOGUE.

LA THÈSE

1° EXORDE.

2° DIVISION EN DEUX PARTIES.

--- ---

LE POSITIVISTE.

Marchons, point de repos, point de tentes dressées
Dans l'immense parcours qu'embrassent nos pensées.
Suivez-moi. J'ai l'espace ouvert sous mon compas ;
Mais vers l'éternité je ne vous mène pas ;
Ou si je vous en offre une humble perspective,
C'est seulement pour plaire à l'imaginative
Qui me l'ordonne ainsi, car c'est un fait certain
Que vers cet inconnu marche l'esprit humain ;
Donc, ce n'est pas raison qu'avec lui l'on refuse
De cheminer un peu. Ce sera notre excuse.

2

La nature est pour nous le grand critérium
Et Dieu sort d'un essai de *naturâ rerum*,
Donc, le monde a deux parts. L'une à l'autre est égale ;
Mais l'une est positive et l'autre est idéale.
La première a des lois, l'autre n'est qu'un traité
Né de l'opinion et de la liberté (9),
Que chacun fait à part, qu'à sa guise il combine
Pour donner place au Dieu qu'il crée ou qu'il devine.
C'est la division, on sépare d'abord
Et la nature et Dieu, puis on les met d'accord.

Nous n'adopterons point ces fabuleuses gloses
Qui d'un Dieu, si longtemps, ont fait sortir les choses (10).
Nous croyons le contraire, à ne vous rien celer.
Notre thèse pourtant finit par les mêler,
Ainsi que dans nos corps l'esprit et la matière ;
Mais sans nulle contrainte et sans lutte grossière.

Il faut bien l'avouer, notre corps se nourrit,
A laisser peu de place aux choses de l'esprit.
Cependant, nous devons quand la masse s'agite,
Reconnaître, au dedans, quelque Dieu qui l'excite (11) !
Donc, commençons, faisons le monde, en premier lieu,
Et, quand nous l'aurons fait, nous songerons à Dieu !

PREMIÈRE PARTIE

—

LA NATURE

OU

LA SCIENCE POSITIVE

———

LE POSITIVISTE.

La Nature, longtemps, Berthelot nous l'expose,
A nos vœux fut rebelle et tint sa porte close.
Lucrèce l'entr'ouvrit ; mais, sans guide, à travers
L'ombre épaisse, il ne fit rien...

LE CONSERVATEUR.

             Que de très-beaux vers.
C'est peu pour la science et beaucoup pour la gloire.

LE POSITIVISTE.

D'autres vinrent. La nuit fut toujours aussi noire.
La nature à bon droit se pouvait indigner
Que ses nouveaux amants l'osassent dédaigner,
Et, près d'elle, amoureux de leurs propres systèmes,
Au lieu de la chercher, se cherchassent eux mêmes ;
Au lieu d'étudier et ses goûts et ses mœurs,
Vinssent *à priori* lui conter des douceurs,
Et ne fissent sortir du fond de leur cervelle
Qu'une nature enfin qui n'est point naturelle !

Partant, de guerre lasse, il fallut s'occuper
D'inventer une marche à ne plus se tromper.
On réussit enfin et voici la méthode
Qui fait le chemin sûr à la fois et commode.
Berthelot nous l'enseigne et nous dit sur ce point
Ce que nous devons faire ou bien ne faire point.

L'esprit qui veut construire et façonner un monde,
N'ayant d'autre secours que sa propre faconde,
Dans ses abstractions, sans force et sans soutien,
Perdra son temps, sa peine et ne fondera rien.
Donc, il faut démolir et la métaphysique
Du savant Aristote et toute sa logique (12),
Avec ses arguments conçus *à priori*
Formés de deux poteaux, ainsi qu'un pilori,
Où s'expose aux regards, maigre, hâve, chétive,
Fantôme d'idéal, ombre spéculative,

Une vérité vaine et bonne à prolonger
Le vide où s'est formé son aspect mensonger.

Tout ce grand appareil, sans nul profit, nous gêne,
Et ce vieil outillage à rien de sûr ne mène.
La vérité n'est point une concession.
Elle n'est vérité que sans condition.
Elle se *reconnaît*. C'est un fait *observable*,
Connexe avec un autre ou divers ou semblable,
Qui bientôt s'en détache et fait souche à son tour,
Aussitôt que l'esprit l'a produit au grand jour.
Donc, prenons au réel une plus large base,
Et, sur le positif, asseyons notre phrase.
L'expérience est là pour guider notre foi
Et pose, à chaque instant, le jalon du pourquoi.

Ainsi nous avançons. Les vérités sont neuves,
Et très-solidement assises sur leurs preuves.
Car les matériaux, au contrôle livrés,
Ne sont jamais admis à moins d'être avérés.
Aussi que de progrès ! A le voir, c'est merveille !
Nous quittons chaque jour l'étape de la veille,
Avec provision de faits et non de mots.
Le bagage verbeux, nous le laissons aux sots.
Mais nous tirons des faits de riches théories,
Les collectionnant au titre de *logies* 15 .
Tous les noms de la langue ainsi sont terminés :
Tant nous avons de faits déjà fusionnés !

Et l'illustre Renan, notre grand mythologue,
Déjà les énumère, en vaste catalogue.
En voici quelques-uns...

LE CONSERVATEUR, interrompant.

Docteur, dans mes repas
Je crois que j'ai diné, quand je vois trop de plats.
J'ai perdu l'appétit depuis qu'en la revue,
Le menu d'un savant s'est offert à ma vue.
Dieu ! que j'en ai conçu de honte et de dédain
Pour mon faible estomac. Simple et naïf Jourdain,
Qui regrettais le fouet vainqueur de l'ignorance
Qu'on aurait dû souvent donner à ton enfance !
Certes, tu n'aurais pas accepté le dernier
D'acquérir la science au prix d'un tel denier ;
Mais aujourd'hui vraiment elle marche si vite,
Qu'avec le fouet jamais tu n'aurais été quitte.

Donc, il faut faire un choix. Qui peut manger de tout
En un festin ? Voyons. Je crois que j'ai du goût
Pour la morphologie, et, s'il pouvait y lire,
Renan croit qu'il aurait bien des choses à dire
Sur la race de l'homme, en progrès, selon lui,
Depuis des milliers (14) d'ans, en deçà d'aujourd'hui !
C'est beaucoup. A dater de si loin, notre espèce
A véritablement bien conquis sa noblesse.
Mais, pour être certains que notre vanité
N'a pas grossi beaucoup le nombre précité,

Il nous faudrait savoir quelle est notre origine?
Notre plus ancien type? A ce que j'imagine,
Nous devons tous avoir un père. Quel est-il?

LE POSITIVISTE.

D'après Renan, Darwin est un docteur subtil.
Or, à l'humanité, les pères qu'il assigne
Sont les singes (15).

LE CONSERVATEUR, avec animation.

    Mensonge et calomnie insigne,
Que je repousse ici, pour moi, pour mes amis!
Quoi! de pareils aïeux par nous seraient admis!
Foin du progrès, plutôt que de me compromettre
A ce point d'avouer un singe pour ancêtre!
J'adopterais plutôt d'autres combinaisons
Qui nous font humblement descendre des poissons.
C'est mon avis, du moins. Mais laissons, je vous prie,
Les singes, les poissons et la morphologie.
Ce sujet me déplait. Dans le monde connu,
Je tiens à n'être point un simple parvenu.
Cependant permettez qu'ici je vous consulte
Sur quelques points encor de la science occulte!
Dites, que pensez-vous de la loi de Malthus (16)?

LE POSITIVISTE.

Celui-là ne va pas dans les sentiers battus;
Car il met le progrès de l'humaine nature
Dans des rivalités, touchant la nourriture.

Il a seul pénétré dans le grand drame humain
Où le principal rôle est joué par la faim.
Ce fléau, redouté des mortels, les protége.
La famine est pour eux la loi du privilége !
Les faibles moissonnés, que reste-t-il ? Les forts
Qui gagnent, en vivant, ce que perdent les morts.
La race alors progresse en force, en industrie,
Car elle est moins nombreuse et, partant, mieux nourrie.

LE CONSERVATEUR.

Ce point de vue est neuf. Il est à méditer ;
Mais ce n'est pas, pour moi, matière à profiter.
Je ne suis pas suspect. Je tiens pour l'héritage ;
Mais voudrais, d'hériter, un moyen moins sauvage.
Eh bien ! mon cher docteur, enseignez-moi, du moins,
Ce que je dois penser à l'endroit des besoins.
J'avais toujours trouvé que la loi de nature,
Par eux, s'était montrée impérieuse et dure ;
Qu'ils sont *humiliants*, *importuns* ou *fâcheux*.

LE POSITIVISTE.

Détrompez-vous, mon cher, nos progrès viennent d'eux
Beaucoup plus que de nous. Et tout ce que nous sommes
Est l'œuvre des besoins. Ils nous ont fait des hommes !
Après nous avoir pris, peut-être, bien plus bas
Que ces singes hideux dont vous ne voulez pas !
Donc, tenez pour certain qu'ils ne sont pas des ânes.
Ils savent fabriquer eux-mêmes leurs organes (7) !
Capables de placer, en un lieu malséant,

Mais qu'il faudrait orner, l'œil de Considérant !
Ils triomphent ainsi de ces *causes finales*,
Vieil argument d'école, usé comme ses dalles,
Qui ne peut plus servir puisque tout est commun
Et qu'organe ou besoin, ensemble, ne font qu'un !

LE CONSERVATEUR.

Eh bien ! ce progrès-là, je l'aime, je le loue.
C'est pure pruderie à qui le désavoue.
Quant à moi, sans façons, je voudrais bien avoir
Cet œil rétrospectif. J'aimerais de savoir,
Quand j'ai le dos tourné, si l'on me fait la nique,
Et qui s'y frotterait saurait que l'on s'y pique !

Mais, je sens l'estomac qui me vient avertir
De l'heure du dîner. Quand il se fait sentir,
Respectons le besoin, car c'est une puissance
A qui tous, ici-bas, devons l'obéissance,
Puisqu'il a pu, lui seul, jadis nous séparer
D'assez mauvais parents que je veux ignorer.
Même pour le présent, s'il lui prenait envie
De m'offrir quelque *organe* à prolonger ma vie,
Certes, j'accepterais ses dons, de tout mon cœur,
Tout comme son dîner. Au revoir, cher docteur.

FIN DE LA PREMIÈRE PARTIE.

INTERMÈDE

LE POSITIVISTE, seul

Je ne suis pas fâché d'un moment de relâche;
Car il me reste encor la moitié de ma tàche,
Et la plus difficile. A changer d'élément,
Il faut se recueillir pour changer d'argument.
Il nous manque un esprit pour la machine ronde
Qui se meurt sous nos pieds. Construire un pareil monde
Pour écrire dessus : *Grand hôtel à louer !*
C'est un acte insensé qu'on ne peut avouer;
Et surtout aujourd'hui que le siècle se pique

D'être un siècle à la fois inventeur et pratique,
Qui connaît ce qu'il vaut, et, le faisant payer,
Tire de son mérite un assez bon loyer.
Berthelot, sur ce point, n'est pas fort. Son *nuage*
Qui cache l'idéal, au fond, n'est qu'un placage.
C'est un mauvais moyen de sortir d'embarras,
Quand on a, comme lui, l'univers sur les bras !
Dans ce vaste palais c'est en vain que l'on sonne,
Car pour ouvrir la porte on ne trouve personne.
D'où vient que le client laisse enfin le marteau,
Et de n'être qu'un leurre accuse l'écriteau.
J'aimerais mieux Renan qui joue une partie,
Et, s'il la voit perdue, opère sa sortie,
Comme s'il l'eût gagnée. Il reprend son enjeu
Et tire, comme on dit, son épingle du jeu,

En soupirant.

Comptons sur le hasard. Ou conseil, ou fortune,
Il faut que l'un des deux comble notre lacune.

Il s'étire en bâillant.

Mais mon esprit est lourd. Un sommeil passager,
Si j'osais m'y livrer, le rendrait plus léger.
Il me délivrerait d'un peu de somnolence.
Un instant me suffit; profitons du silence.

Le docteur s'endort, et le reste de la scène se passe en songe. — Entre un
personnage fantastique grimé en dieu du paganisme qui, sous la forme
du *Fatum* s'établit dans un grand fauteuil en face du docteur.

LE FATUM.

On parle de hasard. J'entre, je suis chez moi.

LE DOCTEUR, *rêvant.*

Quel est cet inconnu? D'où venez-vous? Pourquoi?...

LE FATUM.

Docteur, n'attendez pas qu'à vos vœux je réponde,
Car je suis le fatum, le dernier mot du monde.

LE DOCTEUR, *gracieusement.*

Eh bien! mais, pour le dire, il n'est jamais trop tard.

A part.

Peste! voilà mon homme ou mon dieu: le hasard!

LE FATUM.

Le hasard est mon nom; parfois, chez le vulgaire,
J'en prends un plus savant quand il est nécessaire.
Je m'appelle à mon gré la fortune, ou le sort,
Ou la fatalité. Tout est de mon ressort.
J'étais besoin moral, mais n'ayant point d'organe,
Je suis tombé, jadis, vaincu par la chicane,
Aujourd'hui, grâce à vous, je suis bien mieux loti,
Et je peux de ma voix tirer un grand parti.

LE POSITIVISTE.

Certes, vous arrivez fort à propos, mon maître.
Vous avez été dieu, voulez-vous encor l'être?

LE FATUM.

Oui, mais inexorable. Avec moi point de vœux,
De pourquoi, de comment, je l'ai dit, *je le veux.*

LE POSITIVISTE.

Quoi? vous ne prendriez pas un collègue à l'empire?

LE FATUM.

Nullement, je ne puis.

LE POSITIVISTE, à part.

Il le faut éconduire.

Au Fatum.

Vous êtes dans le vrai; mais depuis vos grandeurs
Nos gens sont devenus encor plus quémandeurs,
D'où vient que pour régner il faut changer de style,
Et le métier de Dieu devient fort difficile.
Enchanté d'avoir fait connaissance avec vous : .
Et vous me trouverez, quand vous voudrez, chez nous.

Le docteur conduit le Destin à la porte, et il se réveille.

LE POSITIVISTE, réveillé.

Me voilà seul encore et privé d'une chance.
Chut ! mon Conservateur, avec lenteur, s'avance.
Il a l'air tout benin, mais c'est un fin renard
Qui rirait s'il pouvait me prendre au traquenard.
Tenons-nous ferme assis sur le positivisme,
Restons dans notre école et ne faisons pas schisme,
Même, il est à propos de ne parler en rien
De mon secret colloque avec l'ex-dieu païen.

FIN DE L'INTERMÈDE.

DEUXIÈME PARTIE

DIEU

ou

LA SCIENCE IDÉALE

LE CONSERVATEUR, *entrant d'un air satisfait.*

Docteur, après dîner je suis d'humeur facile.
Je crois que le repas me dissipe la bile,
Et si vous inclinez à l'accommodement,
Vous aurez bon marché de moi, dans ce moment.
D'abord, mille pardons, j'ai faussé compagnie ;
Mais c'est un procédé de la philosophie.
Elle dîne à son heure. Elle prend du repos
Alors qu'il lui convient, et fait tout à propos.

La thèse devenait d'ailleurs un peu brutale.
Prenons, sans plus tarder, la partie idéale.

 Donc, ô savant docteur, qu'est-ce que votre Dieu?
Une personne, un fait, ou simplement un lieu?
Si c'est une personne, il faudra qu'elle agisse;
Un fait, qu'on nous l'explique; un lieu, qu'on le remplisse.
Il faut bien définir ce qu'on veut embrasser.
L'esprit, d'un tel soutien ne saurait se passer.
La définition vient avant toute chose.

LE POSITIVISTE.

C'est une erreur grossière, et Berthelot expose
Qu'il faut trouver d'abord, puis expérimenter,
Mais, définir, jamais (18). Je vais donc discuter.

LE CONSERVATEUR.

Je vous arrête ici. Berthelot, votre guide,
Sur la méthode hésite, et devient plus timide,
Même il accepterait les engins de l'esprit,
Engrenage idéal que lui-même a proscrit,
S'il n'était assuré que la métaphysique
Ne fait que ramener l'argument chimérique
Juste au point de départ, et laisse au même cran
L'aiguille du progrès arrêtée au cadran (19).

LE POSITIVISTE.

C'est justement pourquoi Berthelot se confie
A nous traiter l'histoire ainsi que la chimie.

LE CONSERVATEUR.

Sans doute, mais le même, à ce propos convient
Que dans ses résultats tout flotte et rien ne tient.

LE POSITIVISTE.

La science, il est vrai, dans toute la nature
Pour trouver Dieu, tâtonne et cherche à l'aventure.
Il faut tout *relier*.

LE CONSERVATEUR.

C'est une occasion
De revenir, ce semble, à la *religion*.
La science l'indique étant à bout de voie
Et même de jalons, puisqu'elle se fourvoie.

LE POSITIVISTE.

Faiblesse humaine, hélas !

LE CONSERVATEUR.

J'en demeure d'accord.

LE POSITIVISTE.

La science, pourtant, ne peut pas avoir tort !

LE CONSERVATEUR.

J'en suis bien aux regrets ; mais je vois qu'elle sue
A se tirer de là, sans trouver une issue.

LE POSITIVISTE, avec résolution.

Dieu n'est qu'un idéal. On doit désespérer
De pouvoir face à face ainsi le rencontrer.

Mais, conservant pour lui le respect qu'il mérite,
Dédions-lui le monde, à titre de limite.
Le monde n'est pas fait, mais il est en bon train.

LE CONSERVATEUR.

Que fait donc votre Dieu, s'il n'y met pas la main ?

LE POSITIVISTE.

Il reste ce qu'il est, un brillant accessoire,
Dans la causalité n'entrant que pour mémoire,
Car lui-même se fait (20). Il est concomitant,
Donc, il ne peut agir, comme préexistant.
Comprenez. Je voudrais rencontrer une image
A vous faire bien voir sa part, *dans notre ouvrage* (21).
Dieu, tout autour du monde, en son éclosion...
J'y suis, c'est justement la bulle de savon !
Un espace est dedans. Elle le rend visible
Et semble l'animer, elle-même insensible.
Elle aide à son progrès, quoique bien frêle appui,
Le contient dans sa forme et se fait avec lui,
Adhérente toujours, quand elle se dilate
Ou se contracte... hélas ! à moins qu'elle n'éclate
Par un souffle imprudent qui n'y peut plus tenir !
Belle leçon pour nous. Veillons sur l'avenir ;
Car il est menacé de semblable ruine,
Si nous laissons souffler le vent de la routine !

Mais quoi ! de ses destins notre globe écarté (22),
Que serait-ce après tout, rien qu'un germe avorté,

Comme si revenant des plaines de la Beauce
Chargé d'une moisson qui sur son dos se hausse,
Un paysan laissait tomber je ne sais où
Un grain de blé perdu sur l'aride caillou.

LE CONSERVATEUR.

Que dites-vous, docteur? à parler de la sorte,
Je le vois clairement, le verbe vous emporte!
Mais le frisson me gagne, et, bien qu'on soit savant,
On n'est point assuré contre un tel coup de vent.
Quand personne ne veille autour de la machine
Qui n'est plus confiée à la garde divine,
Ne pourrions-nous trouver à mettre en faction
Quelque esprit qui du monde au moins fût caution?

LE POSITIVISTE.

Ignorant! c'est à vous qu'il convient de vous taire.
Si le monde périt, nous saurons le refaire.
On peut le composer, sans être plus subtil
Que la Parque qui roule un écheveau de fil.
C'est une œuvre facile en tant que mécanique
Et celui qui l'a fait est celui qui l'explique (25).
Nos savants sont tout prêts. Voilà des créateurs
Qui sauront proclamer, certes, leur nom d'auteurs.
D'autres se piqueraient, posant leur signature,
De la faire chercher dans toute la nature;
Mais eux, sans hésiter, placent l'émargement
Pour le faire mieux voir au front du firmament!

Chacun aura son lot : Newton, l'astronomie ;
Laplace, le calcul ; Lavoisier, la chimie ;
Et des autres ainsi, jusqu'aux moindres rapins
Qui devront être admis pour les petits lopins.
Nous recevrons tous ceux qui savent la méthode ;
Nous ne mettrons dehors que la foule incommode.

LE CONSERVATEUR.

Sans consulter Jésus qui la voulut, jadis,
Faire asseoir la première au divin paradis !

LE POSITIVISTE.

Comme elle ne sait rien de ce qui nous importe,
Nous sommes bien forcés de la mettre à la porte.
Que voulez-vous qu'on fasse avec ces ignorants ?
A les laisser entrer ils troubleront les rangs.

LE CONSERVATEUR.

Mais ils savent prier.

LE POSITIVISTE.

Est-ce avec la prière
Qu'ils pourront découvrir les lois de la matière ?

LE CONSERVATEUR.

Eh bien ! ils trouveront la sainte humilité,
C'est le vrai marchepied de l'immortalité !

LE POSITIVISTE.

Quand, vers le même but, nous marchons avec elle,
La science est l'appui qui soutient notre zèle.

Je vous en avertis : dans la ruche du ciel,
Les frelons introduits produiront peu de miel.

LE CONSERVATEUR.

Jésus les nourrira du miel de sa parole,
Et les rendra savants bien mieux que votre école.
De votre vain savoir vous faites trop de bruit.

LE POSITIVISTE.

Cependant c'est par lui que le monde est construit.

LE CONSERVATEUR.

Jésus a dans le cœur transporté la lumière !
Donc, votre théorie est fausse tout entière.

LE POSITIVISTE.

Nous avons, selon nous, prouvé dès le départ
Qu'il nous revient du monde une certaine part.

LE CONSERVATEUR.

Cessez de vous moquer. Vous supposez à faire
Un travail déjà fait, la chose est assez claire :
Et, pour avoir trouvé, par hasard, un fétu,
Tombez en pâmoison devant votre vertu.
Donc, les frelons auxquels vous faites un reproche
Pourraient vous renvoyer à la mouche du coche,
Et même, à ce sujet, sur le nez du cocher,
Vous trouver bien hardis d'être allés vous percher.

LE POSITIVISTE.

Nous disons vérité.

LE CONSERVATEUR.

La vérité réclame;
Si vous trouvez le corps, vous ne trouvez pas l'âme.

LE POSITIVISTE.

Mais le corps, c'est beaucoup. Attendez quelque jour,
Nous trouverons le reste, et l'âme aura son tour.
Le monde sera fait alors, et Dieu lui-même
Ne sera vraiment Dieu qu'en ce moment suprème.
Mais entendons-nous bien. La spontanéité
Est la loi de cette œuvre, et non la volonté.
Dieu n'est point créateur, et la loi naturelle
Seule mène à sa fin ce monde qui sort d'elle.
Dieu ne se trouve point assis au gouvernail.
Ce n'est qu'un locataire et même à fin de bail (2).
Car, selon mon avis, la fin du monde arrive
Justement à la fin de l'œuvre positive.
Un tel événement dissout l'humanité
Et, par suite, met fin à la communauté!

LE CONSERVATEUR.

Je vous comprends, docteur, le Dieu de la science
Exprime seulement la totale existence,
Et n'est, par conséquent, rien qu'une abstraction
Sans voix, sans volonté, surtout sans action!

Quelle plaisanterie! Un Dieu de cette espèce

Est encore moins Dieu que le Dieu de Lucrèce.
Dieu vous fit du néant. Vous le lui rendez bien.
Il n'est *rien*, dis-je *rien*, mais absolument *rien* ;
Trois fois *rien*. Mot fatal! Célèbre en politique,
Pour avoir triomphé de la raison publique.
Que dites-vous, docteur, de ce triple embarras?

LE POSITIVISTE.

Je dis que votre *rien* ne m'embarrasse pas.
En effet, l'un de nous prédestiné chimiste (25)
Ou bien, omniscient, quelque biologiste
Peut mettre la matière en transformations ;
Voire, changer la vie, en ses conditions,
Et donner aux mortels des façons plus aisées ;
A ce point qu'il faudrait garder dans nos musées
Nos dépouilles à tous, afin de constater
Le progrès de la race, à n'en pouvoir douter!
Eh bien! pour ce savant compositeur de l'Être
Vouloir sera pouvoir, et vous aurez un maître;
Mais bien plus, devant lui, l'obstacle est surmonté
Qui provient de l'espace et de la gravité.
Donc, qui l'empêchera, de planète en planète
De porter le progrès ainsi que la conquête!

LE CONSERVATEUR.

Docteur, je vous écoute avec ravissement,
Vous venez d'exprimer mon propre sentiment.
Votre biologiste est juste mon Messie.
Rien n'y manque. Annoncé par une prophétie,

C'est notre Rédempteur. Il vient briser nos fers.
De planète en planète, il descend aux enfers,
Il monte jusqu'au ciel. Désormais, plus d'obstacle,
Et nous sommes d'accord. Vous croyez au miracle !
C'est là l'essentiel. Vos principes aidants,
Nous sommes vos aînés de près de deux mille ans.
Jésus est votre Dieu, tout comme il est le nôtre.
A quoi bon, s'il vous plaît, en inventer un autre,
Et faire une copie ayant l'original !

LE POSITIVISTE, avec abandon d'abord et ensuite avec enthousiasme.

Eh bien ! soit, mes amis, Jésus est l'idéal (26).
Jusqu'à présent de Dieu j'ai présenté les phases ;
Mais Dieu c'est l'absolu ! Je vous le dis sans phrases.
Le lieu de l'idéal et l'éternel flambeau,
Le principe *vivant* du vrai, du bien, du beau.
Il ne se trouve pas dans une expérience,
Mais il s'observe au fond de notre conscience.
Objet de tout amour, il est notre soutien,
Et nous devons placer notre cœur dans le sien !
Nous ressusciterons. La foi justifiée
Aura tout deviné. Longtemps humiliée,
Elle triomphera par la religion
De l'imprudent essor d'une fausse raison,
Et, nous agenouillant auprès de Dieu le Père,
Nous trouverons Jésus pour sauveur et pour frère !

LE CONSERVATEUR.

Qu'entends-je ? Saint Renan ! Oh ! priez Dieu pour nous !

J'avais toujours pensé beaucoup de bien de vous.
Car je vous reconnais à cette voix touchante,
A l'air de paradis si tendre qu'elle chante !
Et je suis très-heureux de vous voir revenir
Au Dieu que votre enfance apprenait à bénir !
Merci, cent fois merci ; car je respire à l'aise.
Merci, votre *credo* calme ma *synderèse*.
D'avoir tant raisonné, j'étais tout en émoi !
Une heure de Trépied, c'est beaucoup trop pour moi.
J'étais tout haletant des routes que j'ai prises,
Pour monter au sommet des plus hautes surprises !
Et j'étais tout honteux, arrivé jusqu'au bout,
Dans votre plus grand jour, de n'y voir rien du tout.
Je ne me repens pas d'avoir lu votre ouvrage ;
Mais je vous laisse tout pour la dernière page,
Qui seule me permet, sans attendre demain,
A titre de chrétien, de vous serrer la main.

Toutefois, permettez que je vous débarrasse
D'un fâcheux attirail qui me peine et vous lasse.
En des termes trop hauts et souvent nébuleux
Vous exprimez la foi commune entre nous deux.

Je vais vous exposer les motifs de la mienne
D'une façon plus simple et surtout plus chrétienne.
Suivez-moi. Ma méthode, à tort comme à travers,
N'exige pas de vous d'expliquer l'univers.

ÉLÉVATION DE L'AME A DIEU

En vain vous cherchez Dieu. Moi, sans aucune gêne,
Mon esprit m'y conduit, et tout chemin m'y mène.
Voyons. Prenons la loi dont vous êtes si fier,
La grande loi physique. Elle date d'hier
Et peut finir demain. Pourtant c'est un obstacle,
Selon vous, au pouvoir qui s'appelle miracle.
Qu'est-ce que cette loi ? C'est le signe patent
Que sur le monde règne un maître omnipotent.
A vos doctes leçons est-ce que je déroge,
Croyant que l'horloger se prouve par l'horloge ?
C'est de plus le secret, l'intelligent dessein
Qu'à fouiller la nature on trouve dans son sein.
La découverte est belle. On en peut faire estime
A sentir redoubler son orgueil légitime ;
Mais la loi ne saurait lier son Créateur.
La retouche de l'œuvre est le droit de l'auteur.
De ce revirement si votre esprit se blesse,
Loin de prouver sa force, il prouve sa faiblesse.
Le miracle est une œuvre à nouveau. Libre à Dieu
De choisir à son gré le moment et le lieu.
C'est affaire à lui seul. Quand sa bonté m'éclaire,
Il a mille moyens de sortir du mystère ;

Mais la preuve pour moi qu'il s'est communiqué,
C'est qu'à mes propres yeux je me suis expliqué!
Dans son immensité plus j'avance et pénètre,
Plus je sens redoubler la valeur de mon être,
Certain qu'après avoir conquis le Dieu caché,
Le reste arrivera par-dessus le marché !
Oui, je le sens venir ! j'ai compté mes richesses.
Mes vœux sont des besoins, mes besoins des promesses!
Et tout ce qui m'entoure, à le bien écouter,
Me parle de mon Dieu, je n'en saurais douter !

Ah! ce mortel sans doute est en proie au délire,
Qui voit cet univers et ne sait point y lire
Le nom de son auteur ; qui laisse errer ses yeux
Inconscients d'un maître attesté par les cieux,
Qui, dans l'immense azur, fait pour lever la tête,
Y porte des regards qu'aucun charme n'arrête,
Et retombe sur soi, tristement de retour,
Sans s'être pris à rien ou de joie ou d'amour !
Oui, le monde moral et le monde sensible
Se complètent l'un l'autre. Ils rendent Dieu visible,
Et quiconque refuse alors de l'acclamer,
Lui-même se touchant ne saurait s'affirmer !
L'homme est donc, et c'est là son bonheur et sa gloire,
Une preuve de Dieu, permettez-moi d'y croire !

Je sais que la science affecte des mépris
Pour l'argument inné puisé dans nos esprits.

Elle s'en va, suivant des routes plus connues,
Traîne un matériel d'alambics, de cornues,
Observe, expérimente et nous annonce un dieu
Qui sortira bientôt de ce brûlant milieu,
Pour détrôner l'ancien promis aux gémonies,
Avec tout l'appareil de ses cosmogonies.

Mais ce nouveau venu ne m'inspire aucun goût.
Je le soupçonne fort de n'être rien du tout.
Sous le nom *Devenir*, débonnaire et commode,
Ce dieu de nos savants doit suivre leur méthode :
S'abstenir prudemment de toute volonté,
Dans le fait absolu chercher la vérité,
Même, selon le temps, affirmer les contraires
Lorsque le *Devenir* les rendra nécessaires,
Et changer de raison, sans avoir jamais tort,
Pourvu qu'avec le fait il se trouve d'accord.
C'est un préparateur qui, dans toute rencontre,
Ne répond pas du fait, mais simplement le montre,
Et le monde par lui se trouve dégagé
De tout entraînement et de tout préjugé.

Certes le *devenir* ferait un long chapitre;
Mais je dois m'arrêter devant un pareil titre
Qui couvre seulement un simulacre vain,
Sans passé, sans présent, visant au lendemain ;
Mais qui ne doit, au bout de vaines théories,
Laisser qu'un triste amas de fange et de scories.

Gardons de nous heurter à ce mélange affreux,
Et posons un fanal. Le passage est scabreux.

Ainsi que je l'ai dit, j'ai trouvé dans moi-même
Le pouvoir de résoudre un si hardi problème.
Je le sens, du fini vainement entouré
Quelque chose de moi s'en échappe, à son gré,
Repousse du réel l'étroite servitude
Et du vaste idéal acquiert la certitude.

Quoi! vous me permettez, sans donner caution
D'avoir du bien, du mal, l'exacte notion (27),
Et vous me défendez de jamais rien conclure
De ces *à priori* tirés de ma nature!
Vous voulez que l'esprit en lui ne puisse voir,
Lorsque vous admettez qu'il connaît le devoir,
Même la liberté, son noble privilége!
Tous ces êtres moraux de Dieu sont le cortége.
Si l'âme les comprend, son dieu n'est pas bien loin.
Vous le rencontrerez, si vous prenez le soin
De suivre les jalons qui le font reconnaître,
Jalons de l'idéal qui mènent à son maître;
Mais c'est un père encor qui vous ouvre les bras.
Allez, vous arrivez au chemin de Damas!
Cessez d'interroger seulement la matière
Qui ne peut vous répondre et suivez la lumière
Que saint Paul aperçut, quand Dieu se dévoila.
Docteur, en raccourci la thèse, la voilà.

Puissiez-vous y trouver et Jésus et sa grâce.
Pour moi de vos discours j'abandonne la trace,
Ne les ayant relus et comparés entre eux
Que pour vous y montrer l'endroit qui sonne creux !

FIN DE LA DEUXIÈME PARTIE.

ÉPILOGUE

J'ai fini. Cet écrit, je le porte à Molière.
Ce n'est point au Sénat que monte ma prière,
Car la cause n'a pas assez de gravité
Pour qu'on puisse invoquer si grande autorité ;
Mais, si ce noble corps s'émeut et s'il réclame
Son droit incontesté de censure et de blâme,
Ce m'est trop grand bonheur de l'avoir pour appui
Et dans un tel sujet de penser comme lui,

Pour n'en pas profiter. D'un pareil avantage
Mon esprit justement s'honore et s'encourage.
Cependant, j'avouerai que mon secret penchant
Me porte à corriger, s'il se peut, en riant.
Donc, à Molière, ici, ma supplique s'adresse.
D'où me vient cette audace? Hélas! de ma faiblesse.
J'ai vidé mon carquois de flèches épuisé,
Peut-être sans toucher au but où j'ai visé,
Je sens qu'il me faudrait, plus ferme et plus habile,
Avec un œil plus sûr, une main moins débile.

Vaste et puissant génie, ô grand peintre des mœurs!
Molière, n'as-tu point laissé de successeurs?
Toi, qui sus châtier, par le seul ridicule,
Les vices de ton siècle, armé de ta férule,
Inspire à nos auteurs de vaincre les travers
Que j'ai trop vainement attaqués dans mes vers.
Le bon sens, le gros sel, Chrysale et sa servante
Ont triomphé, par toi, de la femme savante,
Et les Diafoirus ont reçu tes leçons ;
Mais nos savants du jour ne sont pas des Purgons,
Espèce doctorale, à bafouer facile.
Ce sont des raffinés de doctrine et de style.
Ils ont des qualités et même des vertus
A rappeler, parfois, l'accusé d'Anytus,
Ou le docte Platon. Donc, bien que leurs idées
Paraissent habiter le séjour des nuées ;
Bien qu'ils aient, à la fin, ramolli leur cerveau

A le heurter sans cesse à l'endroit du nouveau;
Certes, je suis d'avis qu'il faudrait un Molière
A pouvoir redresser justement leur visière,
A guérir leur manie, à surprendre l'erreur,
Sans attaquer jamais leur esprit ou leur cœur!

Mais pour moi, je renonce à la docte censure.
Je suis élogieux, quelquefois, sans mesure
Et ne me trouve point, dans la lutte jeté,
Pour la dispute assez de bile et d'âcreté.
Certes, je ne crois pas que cette vaine école
Vaille que l'on demande au Sénat la parole;
Mais, quand elle s'expose à des propos railleurs,
Son juste châtiment doit lui venir d'ailleurs.
Le théâtre a le droit, quand le bon sens murmure,
De rire et de venger, avec art, cette injure.
Il peut intervenir à régler la maison,
Quand le raisonnement en bannit la raison.

Menton, le 28 mars 1864.

FIN.

NOTES

TIRÉES DES

DEUX TRAITÉS SUR LE POSITIVISME

L'UN DE M. RENAN, ET L'AUTRE DE M. LE PROFESSEUR BERTHELOT, QUI ONT PARU
SUCCESSIVEMENT DANS LA *REVUE DES DEUX MONDES*, LIVRAISONS DU 15 OCTOBRE
ET DU 15 NOVEMBRE 1863.

La lettre *R* désigne M. Renan, et la lettre *B* M. Berthelot.

———

1. — On peut faire du mot Dieu le synonyme de la totale existence. *R.*, p. 772.

2. — Le moment où Dieu sera complet me semble la fin suprême du monde. *R.*, p. 772.

3. — La science s'élève par une suite de *pourquoi* sans cesse résolus et sans cesse renaissants. *B.*, p. 448.

4. — Aucune réalité ne peut être atteinte par le raisonnement. *B.*, p. 455.

5. — Tout système métaphysique n'a point de portée dans l'ordre réel. La logique pure est impuissante. La méthode des déductions doit être abandonnée. *B.*, p. 455.

6. — Rien n'est que ce qui a raison d'être, et l'on peut ajouter que ce qui a sa raison d'être a été ou sera. *R.*, p. 770.

7. — Dans la recherche de l'idéal, les notions générales fournies par les sciences sont disjointes et séparées les unes des autres; il faut recourir au tâtonnement et à l'*imagination*, pour compléter l'idéal par la fantaisie. *B.*, p. 455.

8. — L'obstination de l'esprit humain à poursuivre les problèmes de l'idéal prouve qu'ils sont fondés sur des sentiments innés au cœur de l'homme; et, *parce qu'ils ne peuvent être résolus avec certitude*, ce n'est pas une raison pour les chasser du domaine de la science. *B.*, p. 455.

9. — Les solutions de la science idéale, au lieu d'être imposées et dogmatiques, comme *autrefois*, ont désormais pour principal fondement les opinions individuelles et la liberté. *B.*, p. 459.

10. — L'étude des sciences nous conduit à exclure du monde l'intervention de toute volonté particulière, c'est-à-dire l'élément surnaturel. *B.*, p. 453.

11. — *Mens agitat molem... spiritus intus alit.* Cet esprit est la source du progrès. *R.*, p. 769.

12. — Les abstractions qu'introduit la logique en livrent à ses conséquences leur rigueur absolue, et les déductions des systèmes philosophiques sont entièrement illusoires. *B.*, p. 455.

13. — Voici quelques-unes de ces *logies* : La philologie et la mythologie comparées, la géologie, la zoologie, l'anthropologie, la morphologie, la tautologie, l'ontologie, la paléontologie, l'archéologie, l'héliologie, l'embryonologie, la moléculologie, etc. *R.*, p. 762 à 767. *Passim.*

14. — L'homme est arrivé à ce qu'il est par un progrès obscur qui dura des milliers d'années et, probablement, se consomma sur plusieurs points à la fois. *R.*, p. 764.

15. — Hypothèse de Darwin. Il se peut que les hypothèses de Darwin soient jugées insuffisantes ou inexactes; mais, sans contredit, elles sont dans la voie de la grande explication du monde et de la vraie philosophie. *R.*, p. 765.

16. — La loi de Malthus a été oubliée par M. Renan; mais elle compte parmi les instruments du progrès qu'il attribue à l'homme.

17. — L'organe fait le besoin, mais il est aussi le résultat du besoin. *R.*, p. 770.

18. — La philosophie expérimentale déclare toute définition du réel impossible, et repousse toute déduction absolue et *à priori*. *B.*, p. 459.

19. — Tout système métaphysique ne fait autre chose, dans l'ordre réel, qu'exprimer plus ou moins parfaitement l'état de la science de son temps. *B.*, p. 459.

20. — Dieu n'est pas encore complet... il est *in fieri*, en voie de se faire. *R.*, p. 772.

21. — C'est l'humanité qui, à notre connaissance, est le principal instrument de cette œuvre sacrée. *R.*, p. 772.

22. — Mettons que notre planète soit condamnée à n'atteindre que des résultats médiocres, que la routine, sous prétexte de conserver les dogmes dont elle a besoin, étouffe l'esprit scientifique et amène l'annulation de l'humanité pour les grandes choses; que serait-ce qu'une telle perte dans l'ensemble de l'univers? La même que celle d'un grain de blé qui, dans les plaines de la Beauce, tombe sur un caillou.

23. — Quand le monde sera expliqué, il sera fait. Le règne de l'esprit est le propre de l'humanité. *R.*, p. 772.

24. — Le règne de l'esprit me semble la fin suprême du monde. *R.*, p. 772.

25. — Qui sait si, étant maître du secret de la matière, un chimiste prédestiné ne transformera pas toute chose? Qui sait si un *biologiste omniscient*, maître du secret de la vie, n'en modifiera pas les conditions? Qui sait, en un mot, si la science *infinie* n'amènera pas le *pouvoir infini*, suivant le mot Baconien que *savoir*, c'est *pouvoir*? L'Être en possession d'une telle science et d'un tel pouvoir sera vraiment *maître de l'univers*. L'espace n'existant pas pour lui, il franchira les limites de sa planète, et *gouvernera seul le monde. R.*, 772.

26. — Oui, Dieu est plus que la *totale existence*. Ce serait là une théologie fort incomplète. Dieu est en même temps l'absolu. Il est le lieu

de l'idéal, le principe vivant du bien, du beau et du vrai. Il est éternel, immuable, par conséquent sans progrès ni *devenir*. Objet de tout amour, il est essentiellement le lieu des âmes. Oui, nous *ressusciterons*. Le sens moral se trouvera avoir eu raison. *La foi qui croit contre l'apparence sera justifiée ; c'est elle qui aura bien deviné. La religion se trouvera vraie. On comprendra le renoncement et le sacrifice. La croyance à un Dieu sera justifiée. Jésus est en Dieu, et, toujours plus aimé, il vivra éternellement.* R.

27. — Le sentiment du *bien* et du *mal* est un fait *primordial* de la nature humaine. La *notion du devoir* est aussi reconnue comme un fait *primordial*. Il en est de même de la *liberté*. Ces faits sont des axiomes moraux, qui n'ont besoin d'aucune démonstration.

FIN DES NOTES

TABLE DES MATIÈRES

PARIS.   IMP. SIMON RAÇON ET COMP., RUE D'ERFURTH, 1.